Le Vert, dit Espérance
voilà mon emblème.
DORÉ Georges.

RÉPUBLIQUE DES TRAVAILLEURS !

LETTRE

ADRESSÉE

A MM. LE PRÉSIDENT DES DÉPUTÉS

LE PRÉSIDENT DES SÉNATEURS

LE PRÉSIDENT DES CONSEILLERS MUNICIPAUX DE PARIS

PAR

DORÉ GEORGES

1887

PRIX : **15** CENTIMES

EN VENTE A ISSOUDUN

CHEZ

MOTTE, imprimeur. — BLONDEAU, libraire, place des Marchés. —
GUILLEMEAU, relieur, rue de la République.

A PARIS

Chez Léon VANIER, éditeur, 19, quai Saint-Michel.

Il paraîtra prochainement deux forts volumes :

1º **La Misère des Travailleurs ;**
2º **Les Agriculteurs, Vignerons et Jardiniers ;**

PAR DORÉ GEORGES.

Le Vert, dit Espérance :
voilà mon emblème.
DORÉ Georges.

RÉPUBLIQUE DES TRAVAILLEURS !

LETTRE

ADRESSÉE

A MM. LE PRÉSIDENT DES DÉPUTÉS

LE PRÉSIDENT DES SÉNATEURS

LE PRÉSIDENT DES CONSEILLERS MUNICIPAUX DE PARIS

PAR

DORÉ Georges

1887

PRIX : **15** CENTIMES

EN VENTE A ISSOUDUN

CHEZ

MOTTE, imprimeur. — BLONDEAU, libraire, place des Marchés. —
GUILLEMEAU, relieur, rue de la République.

A PARIS
Chez Léon VANIER, éditeur, 19, quai Saint-Michel.

Il paraîtra prochainement deux forts volumes :

1º **La Misère des Travailleurs ;**

2º **Les Agriculteurs, Vignerons et Jardiniers ;**

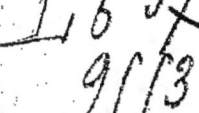 PAR DORÉ Georges.

BIOGRAPHIE DE L'AUTEUR

Doré Georges, naquit le 15 mai, 1864, à Liniez, canton de Vatan, arrondissement d'Issoudun (Indre).

Il est le septième enfant d'ouvriers journaliers.

En 1872, la famille Doré vient habiter Issoudun.

A l'école communale d'Issoudun, tenue par l'instituteur Defay, le jeune Doré rentra et y resta jusqu'en 1877.

De 1877 à 1883, clerc chez Mᵉ Poulin, avoué, Issoudun.

De 1883 à 1885, clerc chez Mᵉ Leclerc, avoué, Issoudun.

De 1885 à 1886, chef de contentieux dans une maison de commerce de Paris.

Ayant reçu une instruction primaire, il a fallu que le jeune Doré compléta son instruction, tout en étant obligé de gagner sa vie.

Néanmoins, étant solitaire, les dimanches et les nuits de ses journées de travail, il étudia les sciences, les arts et les lettres, et aujourd'hui son instruction est à niveau des jeunes gens de son âge qui ont été poussés dans les hautes écoles.

Il ne doit son instruction et sa situation qu'à son courage ferme et incessant.

Au mois de septembre 1886, il inventa un appareil de télégraphie militaire. Le Ministre Boulanger lui nomma, deux fois, une commission, composée d'un colonel, d'un commandant et de deux capitaines.

L'admission dudit appareil a été ajournée.

Au mois de février 1887, une nouvelle invention prit naissance dans son jeune cerveau.

Cette invention consiste en un système de votation électrique supprimant, avec avantage, les Urnes et autres modes en usage dans les assemblées.

Ce système de votation a été offert aux Présidents des députés, des sénateurs et du Conseil municipal de Paris.

Etant sans recommandation importante et fils d'ouvriers,

ces messieurs n'ont pas daigné répondre à mon offre.

Devant leur silence, ils reçoivent de moi la lettre suivante :

Rueil, jeudi, 7 avril 1887.

Monsieur le Président,

Le 13 février dernier, j'ai eu l'honneur de déposer en votre maison de Président, une lettre d'un ex-député, me recommandant comme inventeur d'un système de votation ; dans cette lettre, une carte vous donnait mon nom et mon adresse ; c'est en vain que j'ai attendu, jusqu'à ce jour, une réponse à ma demande.

Monsieur le Président,... je suis forcé !... mon sang contient un trop grand principe de justice pour étouffer mon indignation. Je bouillonne !...

Monsieur le Président ! comment ! vous serez assez indolent, assez insouciant pour ne donner une réponse à l'homme qui a créé ; quand cet homme vient vous offrir le fruit de sa création ; quand cet homme, qui a souffert, et que par ses recherches il aura été privé de sommeil et voire même d'aliments ; quand cet homme se dévoue pour le progrès, pour l'humanité ; vous, Président, et ce, sous la 17me année de la glorieuse République de 1887, vous ne daignerez faire réponse à l'offre de cet homme.

C'est indigne, monsieur !

En votre qualité de président, je vous marque du sceau de l'indignation : au nom de la civilisation humaine !

Vous, *Président, vous violez* les *grands principes de nos ancêtres : Liberté, Égalité, Fraternité ;* vos agissements le prouvent, étant contraire à cette belle devise.

Si, *sous* la *République achetée au prix du sang de nos grands pères*, et à nous léguée, *vous avez l'honneur d'occuper* la *présidence, ce n'est* que *par des moyens trompeurs.*

Vous vous posez en défenseur du *Peuple,* et des *Liberté* et *Justice : vous les étouffez une fois* que *votre passion ambitieuse est satisfaite !*

Oui ! je le proclame bien haut : l'ambition ! oui ! *l'ambition sainte ! celle* qui *élève* le *peuple* tout en s'élevant soi-même, *je l'estime ;* mais, *quand elle n'est* qu'*individuelle, comme la vôtre, je la répugne !*

Si aujourd'hui votre situation est améliorée relativement

de voilà 15 à 20 ans, croyez-vous votre tâche terminée ?

Croyez-vous que le peuple soit satisfait ?

— Non !

Si aujourd'hui vous avez de quoi vivre grassement, l'ouvrier : Le peuple souffre.

Si ce *Peuple* à *cœur droit* et *plein* de *justice* a *brisé* les *chaînes* de la *monarchie, ce n'est pas pour* que *ceux* qui se *disent* les *apôtres* de la *République viennent* en *forger* de *nouvelles en* nous *promettant* des *réformes* et ne les *faisant jamais.*

Vous, les hommes qui vous posez en hommes voulant l'amélioration de la classe pauvre, qu'avez-vous fait depuis 17 ans ?

— Rien.

Pourquoi ?

— Parce que vous restez dans l'inaction.

Parce que, aujourd'hui que vous êtes arrivés à l'apogée de votre gloire, vous n'avez plus rien à espérer ; c'est pourquoi vous transigez avec les monarchistes, pour avoir votre siège, et ce, le plus longtemps possible.

O monsieur le Président !...

Donnez-vous donc la peine de descendre de votre fauteuil ?

Venez avec moi.

Je vais vous conduire en ces mansardes parisiennes, en ces foyers sans feu ; vous verrez ces ménages, où père, mère et enfants ne mangent que la moitié de leur faim ; vous verrez leurs pauvres membres nus, découverts par la misère.

Ici ! voyez un père désolé de ne pouvoir trouver du travail.

Là ! voyez une pauvre mère à moitié morte de peines de ne pouvoir gagner un morceau de pain à ses pauvres petits qui pleurent...

Venez avec moi dans la banlieue, vous verrez, sous les toits misérables des travailleurs, la même misère qu'à Paris ; misère qui s'étalera toute nue devant vos yeux.

Venez avec moi encore plus loin... venez toujours... jusqu'en province.

Voyez ces pauvres travailleurs des villes, ces pauvres travailleurs des campagnes qui crient misère et vous demandent du pain.

Eh maintenant !

Votre cœur est-il touché ?

Votre tâche est-elle terminée ?

Vous êtes Président ! Est-ce suffisant ?

Votre situation est belle !

Et la situation du pauvre où est-elle ?

— Dans la misère.

Et vous restez dans l'inaction, vous qui osez vous poser en champion du progrès.

Allons donc ! vous abusez de notre crédulité, voilà tout !

Est-ce des *impôts* de *céréales, augmentation* du *blé* et de la *farine (lois des riches)*, qui *font l'amélioration* des *travailleurs* des *villes* et des *campagnes ?*

— Non, messieurs !

Ce qu'il *faut,* ce sont des *lois* ou une loi qui *forcera* le *gouvernement* de *donner* du *travail* (ce n'est *pas l'aumône* que *l'ouvrier demande*), entendez-le bien : c'est du travail, et dans *toute* la *France !*

Il vous est facile de le faire, vous êtes en majorité ; sinon vous êtes des incapables : alors, cessez vos fonctions, nous trouverons des hommes d'action et de justice !

Monsieur le *président, apprenez* de la *bouche* d'un *homme* du *peuple*, qui ne *veut* que le *bien* et la *justice*, qu'actuellement il y a en fermentation des idées de justice ; que ces idées bouillonnent dans les cerveaux avides du bien-être général ; et que, si vous continuez plus longtemps à fermer l'ouverture d'où sortent ces grands sentiments humains...

Eh bien !... les idées ne pouvant être contenues : l'esprit ne peut être privé, alors, tout éclatera !

— Quoi ?

— Eh bien ! je ne sais quoi ?

De grands malheurs !

De grands carnages !

De ces choses hideuses et odieuses enfantées par l'inaction de nos gouvernants !

Il est *plus facile* de *prévenir* une *maladie que* de la *guérir, dit* la *Sagesse* des *Nations.*

Pénétrez-vous de ce grand principe !

Vous, monsieur le président, par votre inaction, votre

insouciance, vous vous mettez dans une mauvaise situation, et moi je m'y trouve du coup.

— Pourquoi?

Parce que vous n'avez pas fait votre devoir : vous êtes le serviteur du peuple, le serviteur de l'humanité, et qu'alors, moi, modeste inventeur, vous demandant une audience, pour vous offrir le fruit de mon travail, et attendant ou espérant récompense pour vivre, vous ne donnez aucune réponse.

Eh bien ! si mon intelligence n'était pas supérieure à mon indignation, alors cédant à celle-ci, ne voyant aucune réponse, je chercherais à me venger de votre silence.

Oui ! l'homme juste peut subir ce moment d'indignation.

Pourquoi, vous, les hommes chargés de la direction de la société, ne savez-vous pas apprécier ces causes, afin d'éviter les tristes effets?

Or, donc, monsieur le président, je vous donne 8 jours pour la réponse à ma demande d'audience, relativement à mon offre de mon appareil de votation : passé ce délai, sans réponse, je m'adresserai à qui de droit et vous signalerai à l'opinion publique.

Recevez, monsieur le président, les salutations de votre bien dévoué.

Un champion du progrès,   DORÉ, GEORGES,
    26, avenue de Paris,   Rueil (Seine-et-Oise).

Ces messieurs étant touchés de cette lettre ci-dessus, le Président du Conseil Municipal de Paris me donna réponse le 9 avril, le Président du Sénat le 12 avril 1887, et me disant : « Nous ne conservons, envers vous, aucune « rancune, nous comprenons votre légitime impatience ». Et alors mon système de votation sera examiné.

Le Président des députés n'a pas encore daigné me faire réponse.

Les députés, sénateurs et autres fonctionnaires payés par le peuple, et presque tous originaires de nobles ou de petits bourgeois.

Ces hommes ignorent la misère des travailleurs, alors ils ne peuvent la guérir.

Le médecin ne peut guérir une maladie s'il ne connaît pas la cause de cette maladie : de même les bourgeois ne peuvent guérir la misère, ne l'ayant jamais supportée.

Camarades, amis et jeunes gens, vous tous, comme moi, fils de travailleurs et travailleurs nous-mêmes, venez donc vous unir avec moi.

Jeunes gens, c'est à nous qu'appartient l'avenir de la société humaine !

Par notre instruction et notre travail, il faut qu'en quelques années nous ayons fondé une base gouvernementale, laquelle pourra nous assurer notre travail, qui sera assez payé pour aider nos pères et nos mères usés par les fatigues et par la domination brutale des Bourgeois.

Aujourd'hui nous avons la République bourgeoise.

Avant peu il nous faut notre République : *La* **République des travailleurs,** *la seule et vraiment belle ! Nous sommes en majorité pour nous payer la* **République de Justice,** *sinon nous sommes des imbéciles.*

Pour nous faire des lois en rapport à notre vie, **ne nommons plus** *les* **bourgeois ignorants, bêtes** *et* **despotes.**

Nommons *les* **enfants** *du* **peuple,** *notre bonheur dépend que de nous ; alors, nos frères, nous ferons des réformes pour l'amélioration de notre vie.*

Soyons vaillants et braves !

Il faut triompher en 1889, *sinon nous ne sommes pas dignes d'être appelés travailleurs !*

Ce mot : **Travailleurs,** *fait vibrer nos cœurs, allons,* **amis, espérance et courage !**

Et **Vive la République des travailleurs !**

Issoudun, 20 août 1887.

DORÉ Georges.

Encore enfant et déjà **7 années de lutte** pour la Justice.

Ici je fais l'aveu le plus formel : **Je m'engage à sacrifier ma vie pour la Justice.**

Travailleurs, union et courage !

Issoudun.— Imp. E. Motte.

326

ISSOUDUN. — IMPRIMERIE EUGÈNE MOTTE.